Ein langer Sonntagnachmittag

Jennah Karthes de Branicka

Ein langer Sonntagnachmittag

Schauspiel in einem Akt

Mit einem Nachwort von: Georg Heine

Bibliografische Information der Deutschen Nationalbibliothek
Die Deutsche Nationalbibliothek verzeichnet diese Publikation
in der Deutschen Nationalbibliografie; detaillierte bibliografische
Daten sind im Internet über http://dnb.d-nb.de abrufbar.

Erstausgabe
© 2011 Jennah Karthes de Branicka, Baden-Baden
Aufführungsrechte: Jennah Karthes de Branicka
Bühnenmanuskript durch: Postfach 10 04 52, 76485 Baden-Baden

Umschlagmotiv: Prof. Alfonso Hüppi
Umschlagdesign, Satz, Herstellung und Verlag:
Books on Demand GmbH, Norderstedt
ISBN 978-3-8448-6937-8

Personen der Handlung

Karin
Doris
Stefan
Dr. Hosni
Toni

Der Schauplatz ist Frankfurt am Main.

STEFAN	Ein Appartement, sieben Zimmer, über zwei Etagen, Garage, Abstellräume am Börneplatz, achtzehnhundert kalt. Zwei Monatsmieten Kaution. Einmalige Gelegenheit, den Makler kannte ich aus dem Institut für Sozialforschung. Wir hätten die Mansarde weitervermieten können. Ich musste damals absagen, wir hatten zu geringe Einnahmen.
DORIS	Ihr bereut doch nicht, dass ihr aus Frankfurt weggezogen seid?
STEFAN	Absolut nicht.
KARIN	Hier ist die Luft besser, und wir haben die Autobahn vor der Tür.
STEFAN	Bis zum Verlag sind es mit dem Wagen zwischen zwanzig und vierzig Minuten.
KARIN	Stefan hat gleitende Arbeitszeit.
STEFAN	Laut Vertrag muss ich sechseinhalb Stunden im Büro sein, kontrolliert werde ich nicht, der Vertragsleiter hat Zürich als Hauptwohnsitz, die Konzernspitze befindet sich in New York.
DORIS	Das ist ideal.
STEFAN	Wenn ich um vier Uhr nachmittags in Frankfurt eintreffe und bis halb elf bleibe, sehe ich niemand außer den beiden Raumpflegerinnen aus Albanien und kann ungestört lesen.

HOSNI	Machen sich bei ihrer Fahrzeit auf der Autobahn die Staus und Unfälle bemerkbar?
STEFAN	Darüber gibt es eine neue, interessante Studie von Zumthor. Er hat festgestellt, dass in den Großstädten weltweit nichts den Autoverkehr mehr beeinträchtigt als Bauarbeiten. Sie rangieren noch vor Demonstrationen, Streiks und Bürgerkriegen. Verstehen sie das Wort »rangieren«, Mr. Hosni?
KARIN	Du stellst Fragen, Stefan! Dr. Hosni spricht doch perfekt deutsch!
HOSNI	JETZT BEMERKT MAN SEINEN GUTTURALEN SCHWEIZER DIALEKT Ich bin zwar gebürtiger Palästinenser, doch meine Mutter ist Schweizerin. Ich bin in Interlaken in die Schule gegangen.
DORIS	Haben sie Geschwister, Doktor?
HOSNI	Ja, mehrere, zwei Brüder, zwei Schwestern.
DORIS	Ich weiß, dass man Araber nicht nach ihren Schwestern ausfragen darf.
HOSNI	Das dürfen sie ruhig. Meine beiden Schwestern leben nicht mehr. Die ältere starb bei einem Verkehrsunfall in Cambridge, Massachusetts. Die jüngere bei einem Bombenanschlag auf die Mauer.
DORIS	In Berlin?
HOSNI	Nein, im Westjordanland, wie sie hier sagen.

DORIS	Entschuldigen sie, das war eine dumme Frage. Berlin liegt ja schon zwanzig Jahre zurück!
KARIN	Doris interessiert sich für den Nahen Osten.
DORIS	Ich hatte auf der Schauspielschule einen arabischen Freund. Er hat mir die kürzeste Sure des Korans beigebracht. Darf ich sie zitieren?
STEFAN	Aber bitte. Wenn wir nicht niederknien müssen.
DORIS	»Sura 103. Im Namen Allahs, des Allerbarmers. Der Mensch befindet sich wahrlich in Verlust. Außer denjenigen, die glauben und rechtschaffene Werke tun und einander das Rechte eindringlich empfehlen und einander die Standhaftigkeit ans Herz legen.« – Haben sie eine Lieblingssure, Dr. Hosni?
HOSNI	Das dürfen sie mich nicht fragen, ich bin palästinensischer Christ.
DORIS	Karin sagte, ich interessiere mich für den Nahen Osten. Das ist richtig, doch im Mittleren Osten fühle ich mich noch wohler. Man hat mir vorgeschlagen eine kleine Theatergruppe zu bilden und mit ihr in Dubai in einem Sieben-Sterne-Hotel aufzutreten.
HOSNI	In welcher Sprache?
DORIS	Den Touristen zuliebe auf Englisch.
KARIN	Doris spricht fließend Englisch.

DORIS   Nicht so gut wie Karin Chalcha!

HOSNI   Was ist Chalcha?

STEFAN   Die Sprache der Mongolen. Meine Frau hat zwei Se-
            mester in Ulaanbaatar studiert.

DORIS   Das einzige Wort mit fünf »a«. Und welches deutsche
            Wort hat neun »e«?

STEFAN   Das gibt es nicht.

DORIS   Ebereschenbeerenernte.

STEFAN   Muss ich mir merken. Ich bin mir sicher, das weiß
            niemand im Verlag.

DORIS   Dr. Hosni, haben Sie noch muslimische Ver-
            wandte?

HOSNI   Väterlicherseits ja. Eine Schafhirtin am Sinai, mit
            russischem und amerikanischem Pass. Hundert und
            zwei Jahre alt.

KARIN   Mongolische Nomadinnen lassen sich gern an ihrem
            hundertsten Geburtstag von ihrer Sippe einen gol-
            denen Ring schenken und am hundert und zehnten
            einen Yak-Knochen mit Gravur. Der dient ihnen als
            Talisman.

STEFAN   Haben wir weit gereiste Frauen in unserer Runde!

DORIS   Da muss ich widersprechen. Ich klebe an Frankfurt, oder Frankfurt klebt an mir. Einmal hatte ich einen Vorsprechtermin in Berlin, stieg in die falsche Maschine ein und landete in Washington. Das war bisher meine einzige größere Reise. Sie dauerte knapp einen Tag, die Kosten übernahm die Lufthansa.

STEFAN   Dr. Hosni, meine Frau hat über einen mongolischen Posten promoviert, der deutsch schreibt. Er führt den einprägsamen Namen Donadieu Ismailov und hält sich augenblicklich zu Verlagsverhandlungen in Frankfurt auf. Nur zu Ihrer Information.

KARIN   Das alles weiß Dr. Hosni. Ich habe vergangene Woche während eines Spaziergangs meine ganze kurze Lebensgeschichte vor ihm aufgeblättert.

STEFAN   So kurz ist sie wiederum nicht Karin. Du hast deinen Doktortitel mit fünfunddreißig gemach. Deutsche Philologinnen promovieren in der Regel, laut Statistik, mit neunundzwanzig.

DORIS   SUCHT NACH EINER KLEINEN PAUSE DEN UNANGENEHMEN EINDRUCK VON STEFANS TAKTLOSIGKEIT ZU VERWISCHEN Mein arabischer Exfreund war in Sanaa zuhause. Er führte die hohe Lebenserwartung der Jemenitinnen darauf zurück, dass sie die gesamte Feldarbeit verrichten und kein Qat kauen.

STEFAN   Da muss ich widersprechen. Es gibt durchaus Drogen, die das Leben verlängern. Wir haben über dieses Thema ein Buch veröffentlicht. Die Weinbauern in Burgund werden im Schnitt fünf Jahre älter als die

amerikanischen Mennoniten, die den Alkohol ab-
lehnen.

KARIN   Dr. Hosni, mit welchen Drogen putschen sich ihre
             Landsleute im Gazastreifen und im Westjordanland
             auf?

HOSNI   MERKLICH VERSTIMMT Sie wollen jetzt, dass
             ich ihnen Fanatismus und politische Sturheit vor-
             werfe?

KARIN   Mein ganzes Wissen stammt aus Zeitungen. Sie be-
             richten vielleicht lückenhaft oder unkorrekt.

HOSNI   Fragen sie mich lieber nach meinen Fortschritten in
             Urdu und Pandschabi!

STEFAN   Warum studieren sie die Sprachen Pakistans?

HOSNI   Weil ich nach Katar gehe.

DORIS   Ah! Das tut mir leid. Was hat Katar zu bieten?

HOSNI   Die Sehenswürdigkeiten sind der Persische Golf,
             Bohrtürme, Entsalzungsanlagen, ein amerikanisches
             Hauptquartier, ein Ableger der Tate Gallery und die
             katarschen Briefmarken. Es hat sie im Ausland noch
             keiner zu Gesicht bekommen, denn in Doha aufge-
             gebene Briefe kommen nicht an.

DORIS   ENTFLAMMT Ist es nicht toll, wie gut Dr. Hosni
             sich ausdrückt? Ein Araber! Ein Schweizer!

HOSNI	RÄUSPERT SICH VERLEGEN Gnädiges Fräulein, dieses Kompliment muss ich zurückweisen. Wer in Interlaken die Schule besucht hat, fremdelt enorm, wenn er sich darum bemüht, hochdeutsch zu sprechen. Meine Klassenkameraden hätten mich verprügelt, wenn ich ihnen mit dieser Sprache gekommen wäre!
DORIS	Bitte nennen sie mich nicht »gnädiges Fräulein«, das klingt so altbacken. Ich bin Doris!
HOSNI	Sagen sie Mahmud zu mir.
DORIS	Das tue ich gern.
STEFAN	Habe ich recht verstanden, Doktor: sie wollen uns bald verlassen?
HOSNI	In zwei Wochen. Am fünfzehnten fange ich in Umm Salal als Narkosearzt an.
STEFAN	Dann ist dies ihr letzter Sonntagnachmittag bei uns?
HOSNI	Ich fürchte, ja.
DORIS	Und was hat es nun mit Urdu auf sich?
HOSNI	In meiner Klinik sind viele pakistanische Immigranten. Sie müssen hart arbeiten und stürzen, wenn sie ermüdet sind, von den Baugerüsten.
KARIN	Muss denn ein Narkosearzt viel mit den Verunglückten reden?

13

HOSNI	Die Frage ist berechtigt. Ich gebe mir beruflich vielleicht zuviel Mühe.
KARIN	Aus Ehrgeiz?
HOSNI	Es scheint so.

TONIS STIMME GANZ IM HINTERGRUND. ER KOMMT NACH VORN

TONI	Es ist nicht meine Angewohnheit, angeregte Unterhaltungen zu unterbrechen. Ich bitte um Verzeihung!
STEFAN	Toni!
TONI	Die Haustür stand offen, ich habe mir erlaubt einzutreten.
STEFAN	Wo kommst du her?
TONI	Aus eurer Küche. Ich konnte gerade noch feststellen, was wohlhabende Hausherrn in diesen Krisenzeiten ihren Gästen servieren … ein Consommé, Rinderbraten, Salat mit Oliven, Crème Caramel. Ich habe mir ein Schlückchen Barco Negro genehmigt, du hast sicher nichts dagegen. Ich spüle als Gegenleistung später die abgeräumten Teller. – Willst du mich nicht vorstellen?
STEFAN	Das ist Toni Meister, ein Jugendfreund. Bildhauer. Meine Frau kennst du … Fräulein Doris Sommer … Dr. Hosni. Toni ist der Gast, für den am Mittagstisch

14

der fünfte Platz reserviert war. Und der dann nicht kam.

TONI   Das alte, leidige Problem. Ich habe einst versäumt den Führerschein zu machen. Inshallah, wie die Araber sagen. Wie spät ist es übrigens?

STEFAN   Zwanzig nach zwei. Warum fragst du?

TONI   Nur so. Der Sonntagnachmittag hat begonnen. Was steht auf dem Programm?

STEFAN   Darüber befindet die Hausherrin. Karin, wie hast du dir denn den Nachmittag vorgestellt?

KARIN   DU triffst doch alle Entscheidungen, Stefan.

STEFAN   Heute hast du das Sagen.

KARIN   Wir trinken Kaffee und essen den traditionellen Hefezopf …

DORIS   Kinder, ich bin satt bis obenhin. Wir haben ja gerade erst ausgiebig zu Mittag gegessen, und du hast dir entsetzlich viel Mühe gegeben, Karin …

KARIN   Alles vom Feinkosthändler, Braten, Salat und Dessert.

TONI   Reiche Leute lassen sich nicht lumpen.

STEFAN   Wir sind nicht reich. Karin verdient Geld, und ich verdiene Geld, das Haus hier ist geerbt, so entfällt die Miete.

TONI	Besten Dank für die Auskunft. Vielleicht ist es dir entfallen, Stefan: ich bin freischaffender Künstler, kein Späher vom Finanzamt.
DORIS	Gehe ich fehl in der Annahme, dass sie beide sich schon lange kennen?
TONI	Seit der Grundschule in Weinheim an der Bergstraße.
DORIS	Alte Freunde!
STEFAN	IHM IST UNBEHAGLICH ZUMUTE So kann man sagen.
TONI	Stefan, binde deiner Frau und deinen Freunden keinen Bären auf. Wir haben uns gut zwanzig Jahre nicht gesehen. Sind uns vergangene Woche über den Weg gelaufen. Genau gesagt: ICH IHM, nicht ER MIR.
DORIS	Das verstehe ich nicht.
TONI	Ist auch unwichtig.
KARIN	Essen wir den selbstgemachten Hefezopf, ja oder nein? Ich muss ihn aufwärmen.
STEFAN	Man kann durchaus sagen, dass Toni und ich Jugendfreunde waren.
TONI	Bis zu dieser leidigen Versetzung, Fräulein … wie war ihr Name? Ich habe vorhin bei der Vorstellung nicht aufgepasst.

STEFAN	Fräulein Sommer. Schauspielerin.
TONI	Muss man sich ihren Namen merken?
DORIS	LACHT GEZWUNGEN Ich hoffe doch sehr!
TONI	Also dann ein Geständnis. Stefan und ich hätten vielleicht Freunde werden können, doch ich verpatzte diesen blöden Schulabschluss. Blieb also in Weinheim an der Bergstraße und habe mich erst viel später über Langen und Neu-Isenburg hochgearbeitet nach Sachsenhausen, wo ich jetzt am Goldbergweg meine Freundin und mein bescheidenes Atelier habe. Stefan hat sich unterdessen, glaube ich, in Princeton und Berkeley herumgetrieben. Um die volle Beichte abzulegen: des fehlenden Abiturs und mäßiger Begabung wegen hat keine Kunstakademie mich aufgenommen. Ich bin also wie Michelangelo und einige andere Amateur.
STEFAN	Toni ist wie die Helden der alten russischen Romane: er liebt es sich anzuspeien. Um die allgemeine Aufmerksamkeit zu erregen. Damit hat er schon damals in der Grundschule den Unwillen aller unserer Lehrer erregt.
TONI	Stefan, ich erkenne dich nicht wieder. Seit wann machst DU denn giftige Bemerkungen? Das passt doch gar nicht zu dir. Mir wurde zugetragen, du seist durch Nettigkeit und Anpassung nach oben gekommen. Stimmt etwas nicht in deiner Ehe? Du hast doch eine süße Frau!

17

KARIN   Mir sagt man gewöhnlich, ich sei eher herb als
          süß.

TONI   Herb oder süß, das ist eine Unterscheidung für Scho-
          kolade. Neuerdings steht ja der Kakaoanteil auf der
          Packung. Jedenfalls sind Sie attraktiv.

KARIN   Ich gehe jetzt mit Doris in die Küche und brühe den
          Kaffee auf.

STEFAN   IHR NACHRUFEND Bitte keinen Zopf, allenfalls
          Kipferl!

KLEINE PAUSE

Dr. Hosni, lieber Toni, nach dem Kaffee erwartet euch ein kleines
künstlerisches event. Etwas Einmaliges.

TONI   Ich höre.

STEFAN   Dass die Zigeuner aus Indien stammen, weiß je-
          der. Ein Maharadscha hatte, das ist verbürgt, zu
          viele Musiker unter seinen Untertanen. Er litt unter
          Schwermut und mochte kein Gedudel. Als ihm zuge-
          tragen wurde, dass sein Nachbar in Kabul, der Schah
          von Afghanistan, heiraten wollte, schenkte er ihm
          zehntausend Musiker mit ihrem Anhang, Weibern,
          Kind und Kegel. Der Schah von Kabul feierte eine
          prächtige Hochzeit, doch zehntausend Musikanten
          konnte er auf die Dauer nicht ernähren; Afghanistan
          ist arm. Er ließ also das ganze Künstlervolk nach
          Herat schaffen, das damals noch persisch war. Dort
          hatte niemand für die Sitar- und Zimbelspieler Ver-

18

wendung. Sie wurden weggejagt und landeten halbverhungert in der Heimat Zarathustras. Da sie abergläubisch waren, machten sie ihren Stammesnamen für ihr Unglück verantwortlich und nannten sich fortan die Wanderer. Auf Kreta kamen die Wanderer 1322 an, in der Provence 1377 und in Deutschland 1417. Sie hießen nun Tsigan oder Sinti, die Männer betätigten sich als Kesselflicker, die Frauen als Wahrsagerinnen und waren bald überall zu finden, in den abgelegensten Gegenden. Jetzt hat man in Thessalien am Fuß des Olymp eine Zigeunersippe entdeckt, die noch griechisch aus der Zeit der Kaiser von Byzanz spricht. Man hat ihre Gesänge aufgenommen, ich habe die CD von der Athener Buchmesse mitgebracht und spiele sie euch vor. Ihr werdet begeistert sein.

HOSNI   Darf ich etwas sagen?

STEFAN   Aber selbstverständlich.

HOSNI   Ich möchte die Zigeunermusik nicht hören. In meiner Heimat Palästina sind diese Leute keineswegs beliebt. Die israelischen Siedler bedienen sich ihrer. Sie hauen nachts Olivenbäume um und verstreuen Chemikalien auf den Feldern.

KLEINE PAUSE

STEFAN   Dr. Hosni, was sie da sagen ... könnte das nicht Propaganda sein?

HOSNI   Ich weiß es von Familienangehörigen. Sie lügen nicht. Und noch etwas. In den israelischen Kliniken werden Organverpflanzungen vorgenommen. Die Sinti und Roma liefern Herzen und Nieren. Das ist bewiesen.

KLEINE PAUSE

STEFAN   Tja, dann lasse ich meine CD mal in ihrem Etui.

KARIN UND DORIS KOMMEN ZURÜCK

DORIS   Bitte Vorsicht, die Herrschaften! Wir sind schwer be-laden. Ich habe fünf Tassen in der Hand.

TONI   Ich nehme sie ihnen ab. Die fühlen sich aber eher leicht an.

STEFAN   Eierschalen-Porzellan aus Limoges.

KARIN   Ich stelle die Kipferl auf den Tisch. Jeder kann sich bedienen.

TONI   Was ist das für eine vornehme Zucker-Garnitur?

KARIN   Gewöhnliches Altsilber. In den vier Schälchen ist weißer Zucker, Rohrzucker, Kandiszucker und Ahornsirup.

TONI   Alles ganz gewöhnlich, ganz normal. Im Fernsehen lief gestern ein Film über den Hunger in Burkina Faso.

STEFAN   Ich will ja nicht zynisch sein, aber hier ist Mainhat-tan.

DORIS	Die Kipferln sind aus Wien, auf der Packung steht Café Aida.
TONI	Welch ein Luxus!
STEFAN	Bitte bedient euch!
TONI	Zum schwarzen Kaffee trinke ich zuhause einen kleinen Cognac.
STEFAN	Damit kann ich leider nicht aufwarten, Karin und ich mögen keine hochprozentigen Spirituosen.
KARIN	In der Küche habe ich eine Flasche alten Port. Für Saucen.
TONI	Dann verpflanze ich mich mal in die Küche.

GEHT HINAUS

DORIS	Ist ulkig, euer Freund Toni!
KARIN	Mein Freund ist er nicht, Doris. Ich habe ihn vergangene Woche im Krankenhaus zum ersten Mal gesehen.
DORIS	Im Krankenhaus?
STEFAN	Die Sache ist die. Toni und ich waren mit zehn Schulkameraden, dann verloren wir uns aus den Augen. Am vergangenen Dienstag biege ich in Frankfurt an der Oper in eine Nebenstraße ein und streife einen Passanten, der bei Rot die Straße überquert. Mein Freund Toni.

21

TONI KEHRT IN DEN SALON ZURÜCK.

TONI
Ich habe die Flasche entführt. Sie ist ja halb leer. Madame Karin, sie müssen sich für Ihre Saucen eine neue besorgen.

STEFAN
Gerade erzähle ich dein Malheur. Also: ein Unbekannter. Kommt zu Fall. Wird von meinem Volvo ein paar Meter mitgeschleift. Ich springe aus dem Wagen, um dem Verunglückten zu helfen. Wer ist es? Der Toni Meister aus Weinheim, der einst mit mir ein paar Jahre die Schulbank drückte. Wir umarmen uns. Sachsenhausen ist eine Welt für sich, wer kommt dorthin! Ich fahre Toni zum Röntgen in die Klinik. Körperlichen Schaden hat er keinen erlitten, ein kleines seelisches Trauma schloss der Arzt nicht aus.

TONI
Das Wort Trauma gehört nicht zu meinem Wortschatz. Wer sich heute als freiberuflicher Künstler durchschlägt, ist robust.

STEFAN
Zur Beobachtung blieb Toni eine Nacht im Krankenhaus. Am nächsten Tag schickte ich Karin mit Blumen hin.

TONI
War überflüssig.

STEFAN
Aber gut gemeint. In der Nacht hatte ich Gewissensbisse: »Du hast deinen guten Kameraden Toni angefahren.« Ich habe mich bei ihm entschuldigt und ihm eine Kompensation angeboten. Ich kaufe Toni eine Plastik ab. Dann bat ich ihn, den Sonntagnach-

mittag mit uns zu verbringen und sich Karins kleine Bildersammlung anzusehen.

TONI   Ich stehe zur Verfügung. Ist der Portwein wirklich fünfzig Jahre alt? Ist hier auf dem Etikett zu lesen.

STEFAN   Dann wird es wohl stimmen. Wir fälschen doch keine Flaschenetiketten!

TONI   Donnerwetter. Fünfzig Jahre alter Portwein für Saucen!

STEFAN   Karin, wer hat uns die Flasche mitgebracht?

KARIN   GLEICHGÜLTIG José Saramago, der Nobelpreisträger von 1998. – Die Kaffeetassen sind leer, was nun?

STEFAN   Auf unser künstlerisches Intermezzo müssen wir verzichten. Dr. Hosni mag keine Zigeunerlieder.

DORIS   Machen wir einen Spaziergang!

KARIN   Hier gibt es wenig Landschaft. Nur Villen, Einfamilienhäuser und die Autobahn. Ganz fern der Taunus.

DORIS   Ich habe große Lust mich zu bewegen. Mahmud vielleicht auch!

HOSNI   Nein, keineswegs. Ich habe ja heute Nachtdienst.

STEFAN   Also kein Spaziergang. Gegenvorschlag: wir verpflanzen uns in den Garten und spielen eine Partie Monopoly.

TONI
Stefan, was bist du für ein Scheißbourgeois geworden!

STEFAN
Kultiviere deinen rauen Charme, Toni, und werde nicht vulgär!

TONI
Ich vermute doch, dass du dich noch vor fünf Jahren am Sonntagnachmittag mit den Bändchen der edition Suhrkamp verlustiert hast. Und ganz zu Beginn deiner Laufbahn hast du mit deiner Süßen am Sonntagmorgen aufgeschnittene und dann geflickte Jeans angezogen, um in Muthlangen gegen Pershing II-Raketen zu demonstrieren oder Kartoffeläcker gegen die Umwandlung in eine Startbahn West zu verteidigen!

KARIN
Das liegt lange zurück und ist vergessen.

TONI
Wo ist er geblieben, der kurze Sommer der Anarchie?

DORIS
Karinchen, der Kaffee wirkt. Und man sagt, Schauspielerinnen hätten stabile Blasen! Ich muss mal auf ein bestimmtes Örtchen.

KARIN
Geh die Treppe hoch und dann rechts. Links ist das Schlafzimmer. Es ist abgeschlossen.

DORIS
Danke.

ENTEILT

TONI   Und warum schließt du dein Schlafzimmer ab, Stefan? Ist das bei feinen Leuten jetzt Mode?

STEFAN   Ach Toni, deine herausfordernden Fragen! Man hat sie bald leid. Frankfurt ist unsicher, man liest es jeden Tag in der Zeitung. Hier treibt eine Bande Tschetschenen ihr Unwesen, in der Siedlung nebenan sind es Deutsch Kasachen. Karins Bildersammlung hat einen gewissen Wert, darum verstecken wir sie im Schlafzimmer und schließen ab. – Dr. Hosni, sie haben sich nun mehrere Jahre in Deutschland aufgehalten und sicherlich bemerkt, dass es ein kommunistisches Land ist.

HOSNI   In meiner Klinik ist es mir nicht aufgefallen. Dort herrscht Klassentrennung.

STEFAN   Privateigentum wird nicht mehr respektiert. Unsere Intellektuellen gefallen sich in der Rolle der Umverteiler und schonen niemand. Die Nachwuchsautoren, die ich im Verlag betreue, stehlen wie die Raben. Selbst Badezimmer sind nicht mehr sicher.

KARIN   Stefan ist vorsichtig geworden. Er hat auf dem Klo eine elektronische Schutzvorrichtung einbauen lassen. Sie gibt einen Summton von sich, wenn einer was stibitzt.

TONI   Was kann man auf einem Klo stibitzen?

STEFAN   Gästeseifen, Handtücher, Parfüm. Einer hat mal versucht, die vergoldeten Armaturen abzuschrauben; ein Autor von Kriminalromanen.

EIN SUMMTON
Jetzt hat Fräulein Doris Sommer zugeschlagen. Da wir häufig Gäste haben, muss Karin zweimal im Jahr ihren gesamten Kosmetikvorrat erneuern, eine Ausgabe von etwa 2.400 Euro.

DORIS KOMMT DIE TREPPE HERAB

STEFAN   Wie geht man in ihrer künftigen Wahlheimat Katar mit Dieben um, Freund Hosni?

HOSNI   Wenn dort die Scharia eingeführt ist, was ich für möglich halte, hackt man ihnen eine Hand ab.

STEFAN   Auf gute Chirurgen kommt da eine Menge Arbeit zu, vermute ich.

HOSNI   Die Scharfrichter benutzen ihr Beil.

DORIS   Worüber unterhaltet ihr euch so angeregt?

KARIN   Über Diebstähle.

DORIS   Ach!

STEFAN   Mit dem Wort »Ach« endet, wenn mich meine Schulbildung nicht trügt, ein klassisches deutsches Stück. Welches?

KARIN   Kleists »Amphitryon«. Erschienen 1807, uraufgeführt 1898.

STEFAN   GNÄDIG Bravo, Karin.

DORIS   GEISTESGEGENWÄRTIG In Homburg läuft in den
           Kurpark-Lichtspielen, ich weiß es zufällig, Hanekes
           neue Kleist-Verfilmung »Die Familie Schroffens-
           tein«. Wollen wir sie uns ansehen?

TONI   Wenn es etwas gibt, was noch doofer ist als Mono-
           poly, dann ist es Kino am Sonntagnachmittag. Wie
           spät ist es jetzt, Stefan?

STEFAN   Zwanzig nach vier. Warum fragst du immer nach der
           Uhrzeit?

TONI   An meinem Chronometer, einem Familienwertstück,
           ist der Zeiger abgebrochen.

KARIN   Sie leben ohne Uhr?

TONI   Schon seit zwei Jahren. Es macht Spaß.

KARIN   Kann ich mir vorstellen.

TONI   Nee, glaub ich nicht.

KARIN   Vielleicht schätzen sie mich falsch ein.

TONI   Mag sein. – Stefan, wann fährt hier ein Bus nach
           Frankfurt?

STEFAN   Busse? Sonntagnachmittags? Mann, in welchem
           Jahrhundert lebst du? Wir haben eine Regierung,
           die den Sozialstaat abbaut, nicht aufbaut!

TONI   Kein Busverkehr mehr?

STEFAN	In diesem Viertel wohnen die Profiteure der Bankenkrise. Jede Kleinfamilie hat mehrere Wagen.
KARIN	Offen gesagt, selbst wir kennen Buszeiten und – Tarife nur noch vom Hörensagen.
TONI	Und wie kommt ein gewöhnlicher Sterblicher von hier weg?
STEFAN	Er kommt gar nicht weg. Er kauft sich auf Kredit ein Studio und bleibt sonntags zuhause.
TONI	Ich sprach von gewöhnlichen Sterblichen.
KARIN	Keine Sorge, wir bringen sie später nachhause.
TONI	Ich möchte jetzt gehen.
STEFAN	Du hast dir Karins kleine Sammlung doch noch gar nicht angeschaut!
TONI	Nächsten Sonntag.
KARIN	Da sind wir in Prag.
DORIS	Kommen sie mit mir, Toni. Rechts von hier sind noch keine Villen gebaut. Da ist ein großes Maisfeld. Folgt man dort dem Autolärm, kommt man zur Autobahn, genauer gesagt zu einer Raststätte. Ich geniere mich nicht, dort jeden Fahrer zu fragen, ob er uns nach Frankfurt mitnimmt.
TONI	Dass sie von jedem Autofahrer mitgenommen wer-

den, ist klar. Bei ihrem Aussehen! Doch wer befördert einen Mittvierziger in einem Cordanzug mit Chromflecken?

STEFAN   Ich bin perplex. Ihr wollt jetzt beide schon weg? Es ist halb fünf! Der Nachmittag hat doch gerade erst angefangen! Begründung bitte! Doris! Toni!

DORIS   Ich hab's mit Karin doch schon am Telefon besprochen. Im Oktober ist in der Alten Oper ein großer Gesellschaftsball. Ich will mich um die Moderation bewerben. Nicht die Hauptmoderation um Mitternacht, für die ist ein Star vorgesehen. Nur die Begrüßung der Gäste und die Dinner-Moderation. Es kommen zwölfhundert Bankleute mit ihren Frauen. Wenn ich genommen werde, es wäre der Durchbruch! Um sechs treffe ich im Frankfurter Hof eine Kollegin. Sie gibt mir Tipps für die Bewerbung.

STEFAN   Und dein Alibi, Toni?

TONI   Ich bin mit Virginia verabredet, meiner Allerwertesten, die mich vorhin hierher gebracht hat.

KARIN   Und warum haben wir sie nicht kennen gelernt?

TONI   Virginia hat keinen Umgang mit feinen Leuten. Sie war lange Hartz IV. Das hat sie eingeschüchtert. Und heute morgen hatten wir ordentlich Stress, sie hat sich also nicht gekämmt und ist ganz verstrubbelt. Da wollte sie niemand sehen.

STEFAN   Ist Virginia so was wie deine feste Freundin?

29

TONI	Mein Gott, bist du neugierig! Mir wird ja ganz mulmig zumute. Gelegentlich wohnt Virginia bei mir, meistens bei ihrer Mutter in Groß-Gerau. Sie putzt dort das Direktoren-Casino bei Opel. Das kann sich zu einer Lebensstellung entwickeln, wenn die Firma nicht den Bach runtergeht. Jetzt ist sie im Zoo bei den Affen. Wenn ich sie anrufe, holt sie mich ab. Könntest du mich mal an dein Telefon lassen?
STEFAN	Dr. Hosni, nur zu ihrer Orientierung: dieser Mann hat das gewisse Etwas. Das hat er mir auf seinem Klinikbett verraten. Er wechselt die Frauen wie das Hemd.
TONI	Red nicht so'nen Quatsch. Außer Virginia hab ich derzeit niemand, und die betrachte ich nicht als Frau. Die ist 'ne treue Seele: feilt, poliert, verpackt, räumt mein Atelier auf und fährt mich mit ihrer alten Karre hierhin und dorthin. – Kann ich jetzt mal telefonieren?
STEFAN	Du kannst. Bemüh dich an den Tisch.

DAS TELEFON LÄUTET

STEFAN	Moment mal. Es hat gerade geklingelt. Wer mag das sein? Karin, nimmst du ab?
KARIN	Geh du an den Apparat, es ist bestimmt für dich.
DORIS	Oder für mich. Die Kollegin aus dem Frankfurter Hof!

30

STEFAN	NIMMT AB Hallo? Wer ist am Apparat? SIE sind es, Herr Landolin? Wie bitte? Ja, wirklich? ZU DEN AN-WESENDEN Herr und Frau Landolin in Kronberg. Haben Gäste. Fragen, ob wir Mehrere junge Autoren? Herr Konrad? Herr Donadieu Ismailov? Steht auf der Liste für den Preis des japanischen Kaiserhauses? Donnerwetter! Das hat meine Frau kommen wollen. AM APPARAT Aber ja, Herr Landolin! Wir kommen gern. vorausgesagt. Ja. Mit Vergnügen. Sie hört zu! Auch wir haben Besuch.. Dr. Hosni, ein Arzt aus Palästina, die junge Schauspielerin Doris Sommer, der Bildhauer Toni … Alle mitbringen? Gut! Einverstanden! Wir sind in einer halben Stunde bei ihnen.

HÄNGT EIN

STEFAN	Uff! Der Nachmittag ist gerettet! Die Landolins haben den schönsten Landsitz im Taunus. Der Sandkuchen und die Pfirsichbowle von Frau Landolin sind berühmt. Sie hat einen Butler und mehrere Hausangestellte!
DORIS	Was macht dieser Landolin?
KARIN	Er ist Verleger. Stefan arbeitet für ihn.
STEFAN	Verleger und Mäzen. Sammelt Lümpertz, Penck und Kiefer. War der beste Freund von Immendorff. Frau Landolin hat keine Ohren mehr. Geriet in Rom in einen Hinterhalt. Das Lösegeld kam nicht rechtzeitig. Die Tochter, Zoologin, kämpft um den Erhalt des ostsibirischen Tigers. Mit Putin befreundet.

TONI	Bescheidene Frage, Stefan: du und Karin, ihr trinkt, wenn ich es recht sehe, beide keine stärkeren Sachen. Habt Ihr dennoch vielleicht eine Flasche Whisky in eurer Vorratskammer?
STEFAN	Wir öffnen jetzt nach dem Port, den du dir genehmigt hast, keine weitere Flasche, sondern machen uns auf den Weg nach Kronberg.
DORIS	Ich bin nicht angezogen für eine Millionärsfête!
KARIN	Wenn du noch einen Knopf von deiner Bluse aufmachst und den BH weglässt, reicht das völlig um aufzufallen.
DORIS	Sei doch nicht so biestig, Karin!
KARIN	Du duftest köstlich nach teurer Vétiver-Seife. Ich mag den Geruch. Wir verwenden nur Vétiver.
DORIS	Ich hab nun mal Minderwertigkeitskomplexe.
TONI	Gib deinem Herzen einen Stoß, Stefan. Schau nach, ob du noch eine Flasche Wodka oder Gin hast. Beides kostet nicht die Welt!
STEFAN	Es geht nicht darum, ob diese Schnäpse billig sind. Ich habe Herrn Landolin versprochen, dass wir sofort kommen!
TONI	Stefan, es gibt etwas zu klären. Ich bin nicht hierher gekommen, weil ich mich sonntagnachmittags langweile wie du vielleicht. Ich bin hier, um über

eine Entschädigung zu verhandeln, weil du mich angefahren hast. Wir hatten vor, einen bestimmten Betrag auszumachen. Aus steuerlichen Gründen wolltest du, dass ich dir für diesen Betrag eine Plastik verkaufe. Kommen wir zur Sache. Und bedenke: ich war mal im Kaukasus, bei den Osseten. Dort herrscht Blutrache, wenn einer über den Haufen gefahren wird. Ich musste ärztlich versorgt werden und habe das aus meiner Tasche bezahlt, weil ich nicht versichert bin. – Und nun ein Wörtchen zu deinem Herrn Landolin, dem Freund der Nichtskönner Penck und Lüpertz. Du hast ihm meinen Besuch angekündigt, ohne mich zu fragen. Ich gehe nicht auf Gartenfeste oder was immer. Ich mache mich nicht an Prominente ran. Ich verdrücke keinen Sandkuchen und trinke keine Pfirsichbowle. Das ist Pimpelwasser!

STEFAN   Was bist du von einer bezaubernden Höflichkeit, Toni! Immer mehr kommt mir in Erinnerung, dass du schon in der Schule mehr als ruppig warst – und was die Leistungen angeht, eine Null!

TONI   Lieber Junge, ich habe das Lebensabitur. Das hat mehr zu bedeuten als dein Amerika-Studium, glaub mir!

KARIN   Stefan wollte sie nicht beleidigen!

TONI   Altes Haus, zieh dich um und fahr mit deiner Clique nach Kronberg. Ich bleibe vorerst hier und warte auf meine Virginia. Hast du soviel Vertrauen in mich, dass du mir dein wohl gesichertes Haus für eine Stunde überlässt?

STEFAN	VERWIRRT Was soll ich dazu sagen?
TONI	Sage ja.
STEFAN	Du überrumpelst mich. Nun gut. Ich geh nach oben und werfe mich in den Smoking.
DORIS	Wenn du es für richtig hältst, zieh ich tatsächlich den BH aus.
KARIN	Benutze oben das Bad.
TONI	Ich bringe das Geschirr in die Küche und sehe mich nach Whisky um.

STEFAN, DORIS UND TONI GEHEN

HOSNI	Frau Karin, ich habe eine Frage.
KARIN	Bitte sehr, Mahmud.
HOSNI	Es fiel der Name Landolin. Ist das ein jüdischer Name?
KARIN	Ein Schweizer Name, glaube ich.
HOSNI	Ein Schweizer Jude?
KARIN	Vielleicht. Gut möglich. Ich weiß es nicht.
HOSNI	Das sind die gefährlichsten.
KARIN	Sie müssen Stefan fragen. Ich kann dazu nichts sagen.

HOSNI	Nun, wie dem auch sei … Als Araber habe ich in einem jüdischen Haus nichts verloren.
KARIN	Sie wollen nicht mitkommen?
HOSNI	Nein. ÄUSSERST BITTER Auch aus einem anderen Grund nicht.
KARIN	Mahmud, was ist in sie gefahren? Sie weinen ja!
HOSNI	Dies ist unser letztes Treffen, Karin. Das allerletzte! Es ist alles aus. Ich verschwinde. In Katar stürze ich mich in Arbeit. Die Anästhesie muss mir weiterhelfen.

SCHNEUZT SICH VERNEHMLICH

KARIN	Ich verstehe sie immer weniger. Was ist mit ihnen los?
HOSNI	HEFTIG Wann bin ich heute hierher gekommen? Um zwölf, pünktlich um zwölf. Und wie viele Sätze haben wir seither unter vier Augen miteinander gesprochen? Nicht ein halbes Dutzend!
KARIN	Ist das meine Schuld?
HOSNI	Aber ja! Warum gehen sie nicht mit mir in den Garten? Warum haben sie noch andere Gäste eingeladen? Diesen Hungerleider aus Sachsenhausen? Diese Theaternutte in Nietenhosen?
KARIN	Toni Meister verkauft uns eine seiner Plastiken. Und Fräulein Doris hat sich selbst eingeladen. Sie ist ohne

Engagement und wohnt in einer Mansarde. Am Sonntag fällt ihr die Decke auf den Kopf!

HOSNI   Sie haben mit diesem Toni Mitleid … und mit dieser Doris … und vermeintlich auch mit mir. Weil ich Araber bin?

KARIN   Mahmud, was reden sie für einen Unsinn! Stefan und ich sind stolz auf ihre Bekanntschaft!

HOSNI   Ich liebe sie, und sie haben nichts für mich übrig! Ich träume Tag und Nacht von ihnen, seit Monaten schon, und sie –

KARIN   Dr. Hosni, ich muss sie bitten, diese Unterhaltung zu beenden. Ich gehe zu einer Einladung und muss mich umziehen.

HOSNI   Sie werfen mich hinaus?

KARIN   Durchaus nicht. Nur fehlt mir jetzt die Zeit für einen hochdramatischen Auftritt. Rufen sie mich an! Ich möchte ihnen, ehe Sie Frankfurt verlassen, gern noch etwas sagen zu ihren irritierenden antijüdischen Ausfällen und dazu, dass sie mich unlängst versucht haben, in meinem Wagen zu küssen!

HOSNI   Das halten sie mir vor? Können Sie nicht nachempfinden, dass ich nach ihnen verrückt bin? Fühlen sie doch mal meinen Puls, meinen Blutdruck! Ich drehe durch! Was sind die deutschen Frauen kalt!

KARIN   Das sind sie nicht.

HOSNI   Kommen sie morgen abend zu mir, wenn ich Bereitschaftsdienst habe?

KARIN   Nein.

HOSNI   Warum nicht?

KARIN   Weil ich verheiratet bin, und weil sich das nicht schickt.

HOSNI   Weil ich ihnen nicht gefalle?

KARIN   Sie sind ein anständiger, lieber Junge, aber kein Verführer.

HOSNI   Im Mai, beim Klinikfest, haben sie mit mir angestoßen und mir gesagt, ich sei ihr guter Freund. Ich habe mir den Satz gemerkt!

KARIN   Eben dies sagt in Deutschland eine Frau, die mit einem Mann KEINE engere Beziehung eingehen will.

HOSNI   Bruderschaft trinken ist also eine Form der Zurückweisung?

KARIN   Genau das.

HOSNI   NACH EINER PAUSE Inshallah! Ich habe verstanden. Verzeihen sie, dass ich versucht habe, in ihr Leben einzudringen. Ich habe mich wie ein arabischer Madschn n verhalten, aber sie sind keine Leyli! Adieu. Ich gehe nun zu meinem Wagen. Sie sehen mich nicht wieder.

EINE WEITERE PAUSE. DORIS KOMMT ZURÜCK.

DORIS   Ich habe mich, so gut es geht, zurechtgemacht. Wie sehe ich aus?

KARIN   Frau Landolin wirst du sicher nicht gefallen. Sie denkt über durchsichtige Blusen, hautenge Jeans und Stilettos nicht anders als ein strenggläubiger Rabbiner.

DORIS   Karin, ich bin in Kronberg fehl am Platz.

KARIN   Die bei Landolin versammelten deutschen Nachwuchsautoren werden dir den Hof machen. Du bist sexy, und du bist ein Typ. Ihre Frauen waren noch nie beim Friseur, tragen Brillen mit Blechmontur und haben Gewichtsprobleme.

DORIS   Na, dann bin ich beruhigt. Leih mir, damit ich perfekt bin, noch eines von deinen seidenen Abendtäschchen!

KARIN   Nur, wenn du mir versprichst, es wieder zurückzugeben.

DORIS   Ehrenwort! Wo ist übrigens Mahmud?

KARIN   Hat sich davongemacht.

DORIS   Dachte ich mir doch! Er ist an mir vorbeigeschossen, ohne mir auch nur einen Blick zu schenken. Hat er sich bei dir einen Korb geholt?

KARIN   Wie meinst du das?

DORIS   Der arme Junge ist doch über beide Ohren in dich verliebt, das sieht ein Blinder! Dass er noch ein wenig unreif ist, darfst du ihm nicht verübeln.

KARIN   Allzu kopflos sollte ein Narkosearzt nicht sein.

DORIS   Ich weiß noch immer nicht, ob ich euch zu den Landolins begleiten soll. Lernt man dort gute Leute kennen?

KARIN   Die Frankfurter Crème de la Crème.

DORIS   Das wären?

KARIN   Die Bethmanns, die Gontards, die Schönemanns, die Textors, die Türckheims …

STEFAN   VON OBEN, SEHR LAUT Karin, wo sind meine flachen Lacklederschuhe? Die handgefertigten von Dinkelacker in Budapest?

KARIN   EBENFALLS ZIEMLICH LAUT Schaust du mal im Schuhschrank nach?

STEFAN   Richtig. Da sind sie! STÜRMT DIE TREPPE HINAB Die Schuhspanner, die wir haben, gefallen mir nicht. Besorge mir bitte welche aus Cedar-Holz. Bist du fertig?

KARIN   Wie du siehst: nein!

STEFAN   Landolin sagte mir, er hat unter seinen Gästen meh-
            rere mongolische Autoren und Filmemacher. Tu mir
            den Gefallen und zieh das Nationalkostüm an, das
            man dir in Ulaanbaatar geschenkt hat!

KARIN   Um es anzulegen, benötige ich, einschließlich
            schminken, zwanzig Minuten.

STEFAN   Gott, und wir haben fünf vor sechs. Welch eine Ver-
            spätung! Ist mir das peinlich!

KARIN   Du fährst jetzt mit Doris schon mal los. Ich komme
            in meinem Wagen nach.

STEFAN   Das ist die Lösung. Aber beeil dich! Landolin wird
            sofort nach dir fragen. Er schätzt dich. Was bringe ich
            Frau Landolin mit? Das neue Buch über die Familie
            Brentano?

KARIN   Das hat sie doch selber in Auftrag gegeben!

STEFAN   Stimmt. Wenn ich dich nicht hätte, ich glaube, ich
            wäre rasch meinen Job los. Fällt DIR was ein?

KARIN   Ich werde Toni bitten, im Garten einen großen Strauß
            Dahlien zu schneiden, die bringe ich mit.

STEFAN   Gute Idee. Freund Toni soll sich mal nützlich ma-
            chen, bevor er abhaut! Nach all den von ihm ausge-
            stoßenen Kränkungen!

KARIN   Mich hat er nicht beleidigt.

STEFAN   Du bist die Nachsicht in Person. Kommen sie, Doris!
           Wir rauschen ab.

DORIS   Bis später, Karin!

KLEINE PAUSE. EIN WAGEN FÄHRT ÜBER KIES, DER KIES
KNIRSCHT. NOCHMALS EINE KLEINE, SCHICKSALSHAFTE
PAUSE.

TONI   Stefan ist weg. Zuvor hat er mir diese große Garten-
           schere in die Hand gedrückt. Ich soll Dahlien schnei-
           den?

KARIN   Nein, das hat sich erledigt. Legen sie die Schere auf
           den Kamin.

TONI   Es wird plötzlich dunkel. Wohl ein Gewitter über
           dem Feldberg. Landolins Gartenparty verlagert sich
           in die große Halle ihres Schlosses.

KARIN   Kennen sie sie?

TONI   Nein, natürlich nicht. Schlösser haben immer eine
           große Halle. Man hat sie um die große Halle herum
           gebaut!

KARIN   Wir sind allein. Soll ich ihnen jetzt meine kleine
           Bildersammlung zeigen, oder wollen sie mit mir das
           Geschäftliche besprechen?

TONI   Was besitzen sie denn?

KARIN   Einen großen Bonnard, zwei Collagen von Max Ernst, Bilder von Boccioni, Pistoletto und Sironi … auch Plastiken von Lynn Chadwick. All das ist oben im Schlafzimmer. Kommen sie!

TONI   Sie sind mir nicht böse, wenn ich nein sage?

KARIN   Mögen sie nicht?

TONI   Ich fühle mich in fremder Leute Schlafzimmer nicht besonders wohl.

KARIN   Aber nur ich bin ihnen fremd. Stefan haben sie schon als kleinen Jungen gekannt, und es ist auch SEIN Schlafzimmer!

TONI   Bonnard ist mir zu klassisch und die Skulpturen der Chadwick sind Kinkerlitzchen. Für die steige ich keine Treppe hoch.

KARIN   Haben sie Fotos von ihren Arbeiten mitgebracht?

TONI   Sie wollen sie examinieren, um sich keinen Schrott aufzuhalsen? Nein, ich fotografiere nicht.

KARIN   Schildern sie mir ihren Stil.

TONI   Mein Stil ist das Eingehen auf die ortsübliche Korruption.

KARIN   Das müssen sie mir explizieren.

TONI   Ich war zunächst Maler. Meine Bilder wurden nicht gekauft. Kein Galerist investierte einen Pfennig in mich. Keine Hochschule sanktionierte mein künstlerisches Scheitern mit einer Professur. Ich war eine Niete. Um zu überleben, verlegte ich mich auf die Bildhauerei.

KARIN   Hat man mit Skulpturen größere Chancen?

TONI   Absolut nicht. Aber es gibt in reichen Städten wie Frankfurt, Wiesbaden, Bonn, Stuttgart die historischen Friedhöfe. Jeder dieser Friedhöfe ist eine Goldgrube, jeder von ihnen wird von einem Erfolgsmensch von Bildhauer eifersüchtig bewacht. Ich habe in Sachsenhausen einen alten Friedhof entdeckt, der eingeebnet werden soll. So verfügt die Stadtverwaltung. Das Urteil über die Grabdenkmäler ist schon gesprochen.

KARIN   Ich verstehe.

TONI   Nein, Karin, sie verstehen nicht. Ich räume erstens hundertundfünfzig Jahre alte Gräber ab und teile den Gewinn mit dem Leiter des Bestattungsamts. Zweitens: ich kopiere die alten Marmorarbeiten in den Materialien, die gerade gefragt sind: Bronze, Obsidian, Brot. Derzeit bringe ich Engel aus Aluminium auf den Markt – Todesengel, Engel der Verheißung.

KARIN   Worin besteht der Unterschied?

TONI   Die Todesengel tragen eine Robe mit Falten und blicken starr geradeaus. Die Engel des Paradieses zeigen ihre Brust. Alle Aluminiumengel glänzen wie amerikanische Drohnen. Ich könnte ihnen zum Schmuck Ihres Dahliengartens einen ein Meter achtzig großen Engel der Verheißung verkaufen. – Sie haben nicht mehr die Absicht nach Kronberg zu fahren?

KARIN   Nein. Das hat sich erübrigt.

TONI   Oho! Keine Lust mehr?

KARIN   Ich mag heute nicht mongolisch sprechen. Ich mag heute nicht den strengen Körpergeruch der Jurtenbewohner Zentralasiens einatmen.

TONI   Ich habe mich heute morgen nicht gewaschen. Was sagen sie zu meinem Körpergeruch?

KARIN   Sehr angenehm.

TONI   Madame, sind sie ein wenig kapriziös?

KARIN   Ich bin SEHR kapriziös.

TONI   Wie reagiert Stefan, wenn sie nicht kommen?

KARIN   Er muss es hinnehmen. Das kann man von einem Ehemann erwarten.

TONI   Die Kapriziösen sind das Salz der Erde.

KARIN   Wer sagt das? Proust?

TONI   Ich.

KARIN	Kann man aus dieser Bemerkung schließen, dass auch sie sich für kapriziös halten?
TONI	Ich denke, dass niemand auf Erden so normal ist wie ich. Stinknormal.
KARIN	Es unterscheidet sie also nichts von anderen Menschen?
TONI	Nur ein ganz kleiner Tick: ich verweigere mich dem Erfolg. Ich mache es zum Beispiel den Kunden schwer, die mir Aufträge erteilen wollen. Sie erreichen mich nicht. Ich habe kein Telefon, keinen Computer, ich beantworte keine Briefe. Da ich auch keinen Wagen habe, halte ich Verabredungen nicht ein. Kommt es zu einem Treff, dann bin ich unpünktlich, weil ich keine Uhr besitze.
KARIN	Würden sie von mir eine als Geschenk nehmen?
TONI	Wollen sie aus mir einen Erfolgsmenschen machen?
KARIN	Ich habe eine alte Swatch-Uhr. Wert etwa zehn Euro. Herr Hayek hat sie mir gegeben. Seit einigen Tagen suche ich sie, doch jetzt, da wir von Uhren reden, fällt mir ein, dass sie unter der Polstergarnitur liegt, auf der wir sitzen. Sie glitt mir unlängst aus der Hand und rutschte vermutlich unter die Matratze hier.
TONI	Soll ich nachschauen?
KARIN	Würden sie das tun?

TONI	Stehen sie auf, ich muss die Couch hochstemmen und auf den Kopf stellen, damit die Uhr aus ihrem Versteck rauskommt.
KARIN	Das schaffen sie nicht. Das Möbelstück ist enorm schwer!

GERÄUSCH

TONI	Jetzt sehen sie mal Ihre Couch von unten, und da ist auch schon ihre Swatch-Uhr. Pinkfarben. Puah!
KARIN	Du bist kolossal kräftig. Das hätte Stefan nicht fertig gebracht!
TONI	Das macht der Umgang mit Friedhofsengeln. Überhaupt ist der Bildhauerberuf eine Wohltat für die Muskulatur. – Wir duzen uns?
KARIN	Die Uhr geht hundert Jahre, aber sie gefällt dir nicht.
TONI	Ich stelle meinen Bekannten lieber weiterhin die Frage »Wie spät ist es?«, mit der ich Stefan heute Nachmittag mehrmals genervt habe.
KARIN	Toni, wir kommen uns seit einer halben Stunde jede Minute ein bisschen näher, und ich beginne zu begreifen, dass dir nicht zu helfen ist.
TONI	So ist es.
KARIN	Erzähle mir ein bisschen von Virginia. Wartet sie

jetzt auf dich zuhause, nachdem sie den Nachmittag bei den Affen verbracht hat?

TONI   Mein Atelier ist nicht ihr Zuhause. Sie ist mir dort nur zu Diensten.

KARIN   Der Macho kommt zum Vorschein.

TONI   Virginia ist, wie die meisten Raumpflegerinnen hoch diszipliniert. Jede Handbewegung von ihr ist überlegt und sinnvoll. Sie tut nie etwas Überflüssiges. Jetzt wartet sie mit ihrem Handy irgendwo auf mich, hat aber schon begriffen, dass ich sie heute abend nicht brauche und richtet sich darauf ein, zu ihrer Mutter nach Groß-Gerau zu fahren.

KARIN   Und wenn du nun allein nach Sachsenhausen kommst, was machst du dann? Liest du »Bild am Sonntag«? Wäschst du Socken?

TONI   Vermutlich setze ich mich in ein Café.

KARIN   Nähe Hauptbahnhof?

TONI   Warum dort?

KARIN   Der Nutten wegen.

TONI   Auf Nutten bin ich nicht angewiesen. Ich ziehe die Weiber aus der Bourgeoisie vor.

KARIN   Das ist deutlich.

TONI   Man kann sich mit ihnen unterhalten.

KARIN   Nur noch eine Frage, Toni. Du bist hochintelligent.
            Warum übst du keinen soliden Beruf aus?

TONI   Soll ich für die ehemaligen roten Ameisen in China
            Hochhäuser planen? Oder Tiefstraßen in Beijing und
            Chengdu, in denen sie ersticken? Maybach Wagen
            verkaufen? Oder Investment-Zertifikate?

KARIN   Du bist also mit deinem Beruf zufrieden? Und lässt
            dich notfalls anfahren, um zu ein bisschen Geld zu
            kommen?

TONI   Ich mache mich auf die verschiedenste Weise nütz-
            lich. Fleddere Friedhöfe, bin Experte bei Versteige-
            rungen, fülle für Virginia die Arbeitspapiere aus und
            beginne jetzt eine längere Romanze mit der unbe-
            friedigten und ziemlich giftigen Frau eines stellver-
            tretenden Verlagsleiters.

KARIN   Giftig bin ich nicht.

TONI   Ich nehme die Anschuldigung gegen besseres Wissen
            zurück.

KLEINE PAUSE

KARIN   Toni, wir verlieren unsere Zeit. Wir könnten längst
            hochgegangen sein in mein Schlafzimmer.

TONI   Ich vergehe mich nicht in Stefans Schlafgemach un-
            ter zwei Collagen von Max Ernst an seiner Frau. Das

wäre spießig. Ich ziehe die breite, schwere Couch hier vor.

KARIN   Haben wir noch Zeit?

TONI   Das musst DU wissen.

KARIN   Die beiden sind nun seit einer halben Stunde bei den Landolins. Stefan hat fünfzig Hände geschüttelt, darunter sieben mongolische. Frau Landolin fragt ihn nach mir. Er erklärt, dass ich unterwegs bin und gleich komme. Dann beobachtet Frau Landolin, dass Fräulein Doris Donadieu Ismailov, dem künftigen Kyoto-Preisträger, ihre Telefonnummer aufschreibt. Das gefällt ihr gar nicht. Sie fragt Stefan in kühlem Ton: »Wer ist die Kleine, die sie da mitgebracht haben?« Stefan wird rot; ja, manchmal wird er noch immer vor Verlegenheit rot. – Die mongolischen Geistesschaffenden werfen Doris mongolische Blicke zu, vor allem der Filmregisseur. Doris fühlt sich … wie sagt man?

TONI   Gebauchpinselt.

KARIN   Sie schüttelt ihre blonden Locken, lächelt verführerisch und steckt sich einen Zigarillo an. Stefan leert sein Glas Pfirsichbowle. Herr Landolin klopft ihm wohlwollend auf die Schulter. Der Butler bringt auf einem silbernen Tablett eine Packung Schweizer Papirossi. Landolin genehmigt sich eine, obschon er kürzlich einen Herzinfarkt erlitten hat und fordert auch Stefan zum Rauchen auf. Stefan lehnt ab, weil er neuerdings, was ihm arg zuwider ist, auch Gesundheitsbücher produzieren muss. Er tut stets, was man ihm sagt.

TONI   So steigt man auf.

KARIN   Landolin hat ihn stehen lassen, um sich einem wichtigeren Gast – Lord Weidenfeld aus London – zu widmen. Baron von Metzeler sucht Stefan in ein Gespräch zu verwickeln. Stefan fragt sich, wo ich bleibe, und hört dem Bankier nur zerstreut zu. Dann geht er in die Ecke der FAZ-Leute, um Schirrmeister die Hand zu schütteln.

TONI   Wir tratschen wie die Waschweiber, anstatt ....

KARIN   Toni, wir dürfen jetzt nichts falsch machen. Ich versuche die Situation genau zu analysieren. Wäre Stefan allein nach Kronberg gefahren, ich wüsste genau, was er tut. Er ist ein schwacher Mensch und lässt sich stets mitreißen. Auch wenn er sich um mich Sorgen macht, so ist er jetzt doch in erster Linie der Gast des Konzernchefs. Er wird, um dem Schlossherrn gefällig zu sein, die Party als letzter – und nicht mehr nüchtern verlassen. Doch da sind zwei Faktoren, die in meine Überlegung einbezogen werden müssen. Erstens: Landolin ist ein Großverleger mit Pascha-Allüren. Und er ist jetzt gesundheitlich angeschlagen. Wenn er keine Lust mehr hat, Leute um sich zu sehen, verschwindet er von einer Minute auf die andere. Dann ist das Fest zu Ende und alles fährt nachhause. Zweitens: Stefan hat dieses kleine Biest Doris bei sich. Sie ist nicht so arglos wie er und hat längst begriffen, dass ich NICHT komme. Ihr ist nicht entgangen, dass ich dir heute Nachmittag mehrmals Blicke zugeworfen habe und hat daraus Schlüsse gezogen. Sie ist der Typ der falschen Freundin und gönnt mir nichts. Darum vermute ich, dass sie jetzt auf Stefan zugeht und ihn auffordert, mich per Handy anzurufen. In wenigen Minuten wird hier das Telefon läuten.

DAS TELEFON LÄUTET

KARIN   Was habe ich dir gesagt?

TONI   Nimm nicht ab!

KARIN   Natürlich nicht.

DAS TELEFON LÄUTET

KARIN   Es ist schwer, die Reaktionen seiner Nächsten zu erraten. Pass auf: wenn er mehr als dreimal läuten lässt, steigt er sofort in seinen Wagen. Dazu zwingt ihn Doris. Sie macht die Andeutung, mir sei etwas zugestoßen.

DAS TELEFON LÄUTET ZUM DRITTEN MAL. DANACH STILLE.

TONI   Er hat sich entschieden. Wann ist er hier?

KARIN   In weniger als einer halben Stunde.

TONI   Zu knapp für Sex.

KARIN	Am kommenden Wochenende hält Stefan zwei Vorträge in Prag. Er wird nichts dagegen haben, dass ich einen Tag vor ihm zurückfliege. Wir können den Samstagnachmittag zusammen verbringen.
TONI	Also ein langer Samstagnachmittag als Ersatz für den misslungenen langen Sonntagnachmittag?
KARIN	Bist du mir böse? Habe ich etwas falsch gemacht?
TONI	Bourgeois-Weiber palavern eben noch mehr als Raumpflegerinnen.
KARIN	Sei nicht so ordinär. Das passt gar nicht zu dir!
TONI	Du bist eine sehr schöne Frau.
KARIN	Mach dich fertig. Ich fahre dich nach Sachsenhausen. Muss doch wissen, wo du wohnst.
TONI	Bevor Stefan zurück ist?
KARIN	Er muss nicht erfahren, dass du bis nach sieben hier warst. Ich schreibe ihm ein paar Zeilen. Knipse schon einmal überall das Licht aus.
TONI	Wird er nicht misstrauisch werden, wenn du weg bist?
KARIN	Du wirst es mir nicht glauben, aber ich gab ihm noch nie Grund zu Eifersucht.
TONI	Fräulein Sommer wird überall herumschnüffeln.

Soll ich, um sie auf eine falsche Spur zu lenken, die Schenkel der Gartenschere in Rotwein tauchen?

KARIN   Doris wird nicht mehr hierher kommen, ich beende die Beziehung. Gehen wir?

TONI   Deine Kunstsammlung habe ich nun nicht gesehen, doch was du von der Mongolei erzählt hast, hat mich interessiert. Lohnt sich ein Besuch dort?

KARIN   Allemal. Für Ulaanbaatar spricht vor allem, dass es kein Bankenviertel hat. Was ich DICH fragen wollte ... blicken nur deine Todesengel oder auch die Engel der Verheißung starr geradeaus?

TONI   Ich kann dir einen Paradiesengel machen, der wie Mona Lisa in den Mundwinkeln ein wenig lächelt und dich schräg anschaut. Das schafft ein erfahrener Friedhofsbildhauer.

11.2011

Jennah Karthes de Branicka

Jennah Karthes de Branicka, Jahrgang 1982, geboren in Hagen (Nordrhein-Westfalen) lebt heute in Baden-Baden, Dubai und bei ihrer in Austin (Texas) ansässigen Familie. Gesangsunterricht an der Karlsruher Musikhochschule.

Schreibt 1992 ihre ersten Gedichte und Songtexte. 2002 Drehbuch für einen Film über Ernesto »Che« Guevara, der nicht zustande kommt. Bringt ihren Photoband DJINNS 2006 in Austin (Texas) heraus. Jennah Karthes de Branicka singt, fotografiert und ist in den Medien präsent. »Ein langer Sonntagnachmittag« ist ihr erstes Theaterstück.

Über dieses Stück

Nach einer Statistik der Vereinten Nationen (New York) sind die Kuwaiter die dankbarsten Fernsehzuschauer, gefolgt von den Katarern und den Saudi-Arabern. Kuwaiterinnen der Oberklasse sitzen zusammen mit ihren Schwestern, Schwägerinnen, Tanten und Großtanten täglich dreizehn Stunden vor dem Bildschirm, während sie die restlichen, quälend langweiligen Stunden verschlafen, mit geschlossenen Augen dösen, einkaufen und Kliniken aufsuchen. Die Statistik der VN sagt nichts über die Lieblingssendungen der Kuwaiterinnen: sind es muslimische Gottesdienste, TV-Soaps, Kochsendungen oder Reportagen von den Bürgerkriegen rund um den Erdball? Vermutlich spielen die Themen der TV Sendungen auch gar keine Rolle. Die Kuwaiterinnen sehen, wie wir alle, aus Langeweile fern.

Die Soziologie geht zu wenig auf die Langeweile ein. Sie ist nach Hunger, Durst und Verlangen nach Sex die wichtigste Lebensmacht. Der Mensch hat zuviel Zeit. Statt einen Tag zu leben wie die Eintagsfliege (Ephemeridae), lebt er achtzig Jahre. Die Kultur kam auf, um dieses gewaltige Pensum abzukürzen, auch das Denken, der Wunsch, Geld zu verdienen und der Krieg. Die Kunst zeitigt in Einzelfällen gute Resultate. Franz Liszts Pilgerjahre (Années de Pèlerinage) fanden am Schreibtisch statt. Er füllte 14.000 Manuskriptblätter mit Noten und Buchstaben, wie eine Evaluierungskommision der Stiftung Deutsche Klassik erst 2006 herausfand. Curzio Malaparte hinterließ annähernd 10.000 Seiten Artikel, Büchertexte und Briefe; er korrespondierte mit 1.200 Briefpartnern. Schon die antiken Bühnenaufführungen dauerten in der Regel mehr als sechs Stunden – wie Faust II oder mehrere Opern von Richard Wagner. Heute ist die Aufmerksamkeit, wenn überhaupt bis zu neunzig Minuten begrenzt. Ein kleiner Ortsteil von Monaco heißt Les Spéluges. Das Wort leitet sich von dem lateinischen spelunca = Höhle oder Grotte ab. Die Vorfahren der Monegassen (dieses Wort bedeutet übrigens Mönche) waren Troglodyten, kauerten nackt in Felsenhöhlen am Meeresufer und beobachteten stumpf und träge den Schaum der Wellen. Gelegentlich fingen sie mit Hilfe eines Wurms einen Barsch und verzehrten ihn roh – ein Feuerchen zu entzünden, um den Fisch zu grillen, wäre allzu anstrengend gewesen.

Recht erstaunlich ist die Beobachtung, dass es Orte gibt, an denen man die Langeweile schon immer mit Arbeit bekämpft hat (zum Beispiel Shanghai an der Mündung des Huangpu in Jangtse), und andere wie etwa Monaco, in denen sich Menschen seit zehntausend Jahren, seit der Spelunkenzeit, willig überlassen. In den Luxus-Eigentumswohnungen des Fürstentums Monaco sieht man keine Möglichkeit, ihr zu entgegen – außer durch Ehestreitigkeiten, Nachlassprozesse und ein wenig Glücksspiel. Die drei Probatmittel verfehlen oft ihre Wirkung. Den ausländischen Residenten in den Villen und Hochhausappartments ist kein Platz für Hundezucht im großen Stil, womit andernorts, etwa in Texas,

Besitzende die Langeweile in die Flucht schlagen. Auch besitzt die Principauté nur ein einziges Restaurant, das der Guide Michelin mit drei Sternen ausgezeichnet hat. In ihm eine Hungerkur zu beginnen, ist standesgemäß, in niedriger eingestuften gastronomischen Betrieben eine kleinbürgerliche Entgleisung.

Frau Jennah Karthes de Branicka besaß die Tollkühnheit ein Theaterstück über die Langeweile zu schreiben; es liegt vor ihnen. Warum Tollkühnheit? Weil es fast keine literarischen Vorbilder für ein solches Bühnenwerk gibt, sieht man einmal von Édouard Paillerons Komödie »Die Welt, in der man sich langweilt« (1881) ab. Kommt ein solches Stück auf die Bühne, so argwöhnen misstrauische Zuschauer, es gehe bei dem Werk nicht um Leute, die sich langweilen, sondern der Autor sei der Langweiler. Für die Kritiker ist es dann ein Leichtes, über das Machwerk die Nase zu rümpfen.

In »Ein langer Sonntagnachmittag« sitzen fünf Personen, die die Großstadt Frankfurt und ihre Betriebsamkeit für einen halben Tag hinter sich gelassen haben, in einer nicht allzu vornehmen Villa im Vortaunus beisammen und versuchen, einige Nachmittagsstunden so angenehm und abwechslungsreich wie möglich hinter sich zu bringen. Ohne sich wechselseitig auf die Nerven zu fallen und ohne die Zeit totzuschlagen. Sie sind, nehmt alles nur in allem, in der Lage der sieben Damen und drei Herren, die in Dr. Giovanni Boccaccios »II Decamerone«, die während der Pestakademie von 1348 für zwei Wochen aufs Land fliehen, weil Entsetzen und Tod in der Stadt Florenz regieren. Und sich als urbane Menschen die Zeit damit vertreiben, ihren Fluchtort für ein Arkadien schönen Müßiggangs in einer von Umheil heimgesuchten Welt zu erklären.

Die fünf Figuren der Autorin Jennah Karthes de Branicka wissen, dass sie im Vergleich zu den Florentinern Boccaccios nur halb

urban sind – wahre menschliche Eleganz ist in unserer Leistungs-
gesellschaft, in der Investmentbanker Gottvater spielen, die Be-
rufstätigen um ihre Stellung zittern, und die Zukurzgekommenen
taumelnd ihren Weg gehen, nicht möglich. So bringen die jungen
Dramatiker in Deutschland wie anderswo auch meist nur noch
Gestalten auf die Bühne, die an Depressionen, Alkohol- und Dro-
gensucht und den Symptomen der Borderline Krankheit laborie-
ren. Man sieht also auf den Brettern, die nicht mehr viel bedeuten,
junge Wracks, die ihren Mangel an Endorphinen hinausschreien.
Es geht in den Stücken nicht um Langeweile, sondern um innere
Leere. Rock und Soul überlagern die Bühnenmonologe; Dialoge
können ohnehin die meisten Nachwuchsautoren nicht mehr schreiben. Alles drängt im Scheinwerferlicht auf ein rasches Ende.
Wer auf sich hält, stirbt mit siebenundzwanzig – wie Joplin, Mor-
rison, Hendrix, Cobain, Winehouse und die anderen. Der Einakter
der Karthes de Branicka ist ein Kontrapunkt zu diesen Missklän-
gen. Hier nehmen sich fünf Außenseiter noch gegenseitig wahr.
Und fühlen sich lausig, wenn sie ihren Sonntagnachmittag nicht
in den Griff bekommen haben.

Georg Heine